智慧魔方大挑战

笑掉
你的大牙

崔钟雷　主编

知识出版社

前言 FOREWORD

　　书是钥匙，能开启知识之门；书是阶梯，能助人登上智慧的高峰；书是良药，能医治愚昧之症；书是乳汁，能哺育人们成长。让我们在好书的引导下，一起探寻知识的奥秘……

　　《智慧魔方大挑战》旨在帮助小学生们在打牢知识基础的同时，不断培养他们勤于思考、善于思考的能力，从而为今后的学习和生活打下良好的基础。本套丛书共 20 册，其中《一本不能错过的谚语书》《你没有读过的歇后语》通过生动有趣、形象简洁的文字描述，可以使小学生们从中体会深刻的道理；《根本停不下来的成语接龙》《让你疯狂点赞的成语接龙》可以培养小学生们成语初步应用的能力和提升成语活学活用的能力；《扩充你的脑容量》《天才第一步》及《成为游戏达人》通过综合训练，使小学生们的逻辑思维能力和形象思维能力都得到显著的提高……

此外，我们还在书中加入了一些扩展阅读，目的是使小学生们在掌握基础知识的同时，眼界变得更加开阔，思维变得更加灵活。

本套丛书版式设计精美，插图生动有趣，内容丰富多彩，是小学生们学习生活中不可多得的良师益友。好了，我们现在就开始阅读吧！

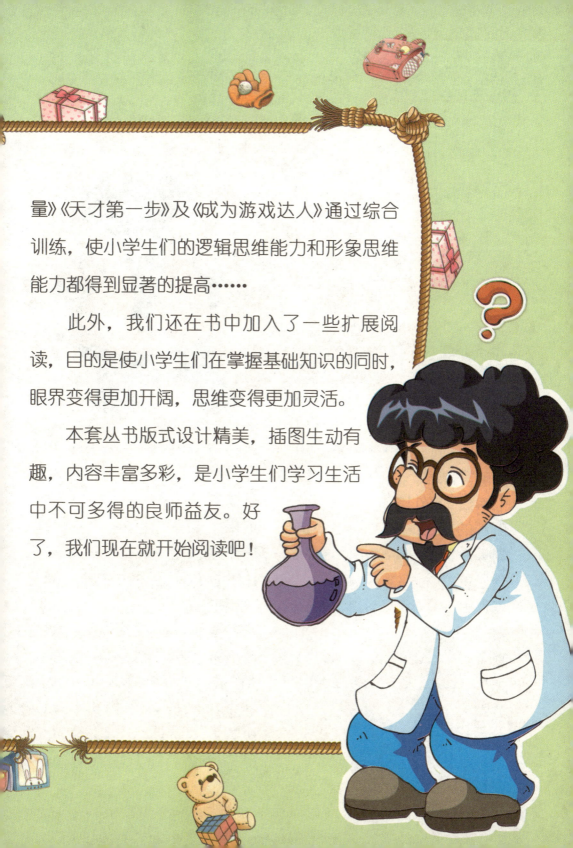

目录

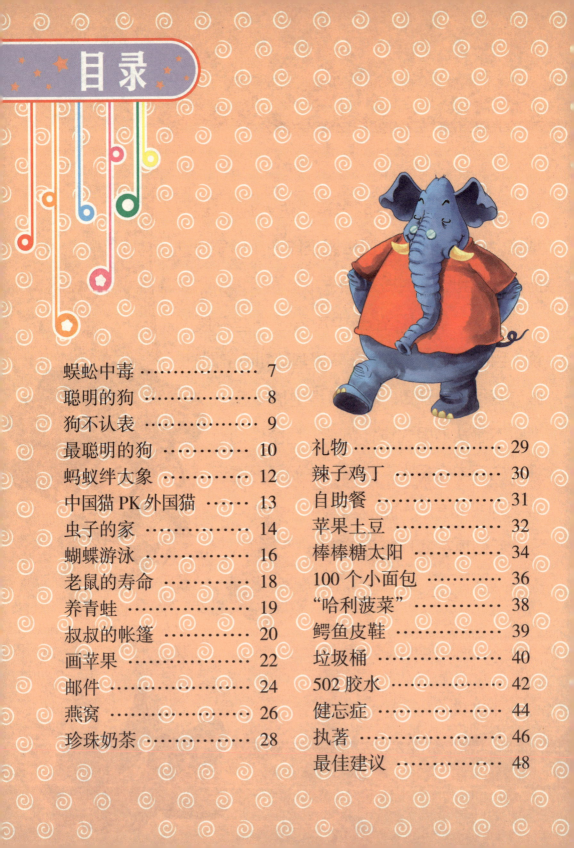

蜈蚣中毒

蜈蚣的腿被眼镜蛇咬了一口，兔子医生告诉它，为了保住性命必须立即截肢，蜈蚣紧张地问："那我以后还能走路吗？""不必担心，"医生安慰它说，"这一点儿也不会影响你的行动，你只要把名字改成蚯蚓就可以了。"

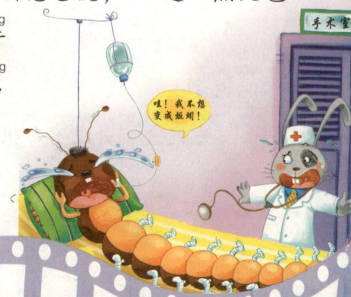

哇！我不想变成蚯蚓！

手术室

聪明的狗

爱狗俱乐部的会员们聚在一起谈论自己的狗,大家纷纷夸自己的狗有多么聪明。一个人说:"我家的狗每天早晨都会叼一份报纸回家。"

其他人不屑地说:"这算什么,很多狗都能做到!"

"关键是我并没有订报纸啊!"

狗不认表

bàn yè huí jiā de xiǎo wáng bèi lín jū jiā shuān zài yuànmén kǒu de
半夜回家的小王被邻居家拴在院门口的

gǒu yǎo shāng le tā jí máng dào fù jìn de zhěn suǒ dǎ zhēn shuì yǎn xīng
狗咬伤了，他急忙到附近的诊所打针。睡眼惺

sōng de yī shēng bù gāo xìng de shuō zhè dōu jǐ diǎn le nǐ bú rèn
忪的医生不高兴地说："这都几点了，你不认

biǎo a wú nài de xiǎo wáng wǔ
表啊？"无奈的小王捂

zhe shāng kǒu shuō wǒ dāng rán
着伤口说："我当然

rèn biǎo kě shì gǒu bú
认表，可是狗不

rèn biǎo a
认表啊！"

9

最聪明的狗

yì míng gōng chéng shī
一名工程师、

yì míng jiào shī hé
一名教师和

yì míng lǜ shī dōu shì
一名律师都是

gǒu yǒu jù lè bù de chéngyuán
狗友俱乐部的成员，

tā men chángcháng jù zài yì qǐ zhēng
他们常常聚在一起争

lùn shéi de gǒu zuì cōngming
论谁的狗最聪明。

yì tiān
一天，

tā men jué dìng ràng zhè sān tiáo
他们决定让这三条

狗好好儿地比试一下。

工程师的狗用它叼来的骨头建了一个白宫模型，十分精细。工程师给了它一块肉作为奖励。

教师的狗则用它叼来的骨头摆了一个世界地图，连小岛都用小的骨头表示出来了。教师给了它一个鸡腿作为奖励。

最后，轮到律师的狗出场了，它与工程师和教师的狗进行了一番激烈的争论后，这两条狗分别把肉和鸡腿送给了它。

蚂蚁绊大象

蟋蟀发现一只蚂蚁神秘地躲在草丛里，并把一条腿伸到外面，于是好奇地问道："你这是干什么呢？""嘘！"蚂蚁探出头，朝正往这边走的大象看了一眼，"小点儿声，别让大象听见了，我要绊它一个跟头！"蚂蚁得意地说。

小点儿声，别让大象听见，我要绊他一个跟头！

中国猫 PK 外国猫

ér zi měi tiān dōu hé mā ma yì qǐ kàn dòng huà piānr māo
儿子每天都和妈妈一起看动画片儿《猫

hé lǎo shǔ tū rán yǒu yì tiān ér zi wèn dào mā ma lǎo
和老鼠》，突然有一天儿子问道："妈妈，老

shī shuō māo chī lǎo shǔ kě shì dòng huà piānr li de māo wèi shén me
师说猫吃老鼠，可是动画片儿里的猫为什么

zǒng bèi lǎo shǔ dǎ de sǐ qù huó lái mā ma shí zài wú fǎ huí
总被老鼠打得死去活来？"妈妈实在无法回

dá xiǎng le yí huìr shuō yīn wèi nà shì wài guó de māo hé
答，想了一会儿说："因为那是外国的猫和

lǎo shǔ yào shi wǒ men zhōng guó de māo zǎo jiù bǎ lǎo shǔ chī dào
老鼠，要是我们中国的猫，早就把老鼠吃到

dù zi li le
肚子里了。"

虫子的家

　　mǔ qīn dài xiǎo bīng dào xiāng xia wánr　　xiǎo bīng hé qí tā de
　　母亲带小兵到乡下玩儿，小兵和其他的

hái zi yì qǐ tǒng fēng wō　　mā ma shuō　　　　bù kě yǐ zhè me
孩子一起捅蜂窝。妈妈说："不可以这么

zuò　　nà shì mì fēng de jiā　　nǐ yě bù xī wàng bié rén chāi le nǐ
做，那是蜜蜂的家。你也不希望别人拆了你

de jiā ba
的家吧？"

　　huí dào jiā hòu　　mā ma mǎi le sān jīn píng guǒ　　xǐ gān jìng
　　回到家后，妈妈买了三斤苹果，洗干净

hòu fàng dào le guǒ pán li　　xiǎo bīng yǎo le yì kǒu píng guǒ hòu　　jiù
后放到了果盘里。小兵咬了一口苹果后，就

bǎ suǒ yǒu de píng guǒ dōu fàng dào le chuāng tái shang　　bú ràng bié rén
把所有的苹果都放到了窗台上，不让别人

chī　　mā ma shuō　　　　nǐ zěn me kě yǐ zhè me zì sī　　bú ràng
吃。妈妈说："你怎么可以这么自私，不让

bié rén chī píng guǒ ne
别人吃苹果呢？"

笑话

你的大牙

xiǎo bīng shuō　　　　　wǒ yě bù chī　　jiù bǎ tā men fàng zài nà
小兵说：" 我也不吃，就把它们放在那

lǐ ba　　nà shì chóng zi de jiā
里吧，那是虫子的家。"

 蝴蝶游泳

mǔ qīn gěi   suì de ér zi mǎi le yì běn
母亲给5岁的儿子买了一本

yǒu guān dòng wù de bǎi kē shū   ér zi hěn xǐ huan
有关动物的百科书，儿子很喜欢，

měi tiān dōu yào mǔ qīn gěi tā dú   yì tiān wǎn shang   mǔ
每天 都要母亲给他读。一天晚上， 母

qīn gěi tā dú le yǒu guān hú dié de bǎi kē zhī shi hòu   tā ruò
亲给他读了有关蝴蝶的百科知识后，他若

yǒu suǒ sī de ān jìng le bàn tiān
有所思地安静了半天。

dì èr tiān   ér zi cóng wài miàn huí lái shí   dài huí le
第二天，儿子从外面回来时，带回了

yì zhī hú dié   shuō yào kàn hú dié yóu yǒng   mā ma fēi cháng
一只蝴蝶，说要看蝴蝶游泳。妈妈非常

qí guài   jiù xún wèn ér zi yuán yīn   ér zi hěn qí guài de
奇怪，就询问儿子原因。儿子很奇怪地

fǎn wèn   bú shì nín shuō de ma   hú dié shēn shang dōu shì
反问："不是您说的吗，蝴蝶身上都是

lín piàn   yú shēnshang yě shì lín piàn a
鳞片。鱼身上也是鳞片啊，

yú huì yóu yǒng   nà hú dié yě yīng
鱼会游泳，那蝴蝶也应

gāi huì yóu yǒng a
该会游泳啊！"

老鼠的寿命

生物课上，老师提问在课堂上睡觉的小强："老鼠的寿命有多长？"

"老师，这是一个很难确定的问题啊！"小强困惑地说。

"有什么难的，你要是听了课就一定能回答！"

"因为这要看猫什么时候饿了！"

养青蛙

xiǎo míng xué le 　　　xiǎo kē dǒu zhǎo mā ma 　　hòu
小明学了《小蝌蚪找妈妈》后，

yì zhí xiǎng yào yǎng jǐ zhī xiǎo qīng wā 　　zhōng yú yǒu yì
一直想要养几只小青蛙。终于有一

tiān 　　bà ba dài tā dào xiāng xià wánr 　　 tā zhuā le bù
天，爸爸带他到乡下玩儿，他抓了不

shǎo xiǎo kē dǒu fàng zài píng zi li dài huí le jiā 　　dì èr
少小蝌蚪放在瓶子里带回了家。第二

tiān dào xué xiào hòu 　　 tā hěn dé yì de jiāng xiǎo kē dǒu fēn
天到学校后，他很得意地将小蝌蚪分

gěi le tóng xué men 　　 guò le jǐ tiān 　　 tā gāng yí dào xué
给了同学们。过了几天，他刚一到学

xiào jiù bèi tóng xué jí tǐ mán yuàn 　　　　 nǐ gěi wǒ men de
校就被同学集体埋怨："你给我们的

shì qīng wā ma 　　 dōu biàn chéng lài há ma le la
是青蛙吗？都变成癞蛤蟆了啦！"

叔叔 的帐篷

shū shu hé yí wèi tiān wén xué jiào shòu qù yě yíng wǎn
叔叔和一位天文学教授去野营。晚

shang tā men zài yíng dì shang dā qǐ le zhàngpeng yóu yú yì
上他们在营地上搭起了帐篷，由于一

tiān de pān pá tā men hěn kuài jiù rù shuì le
天的攀爬，他们很快就入睡了。

bàn yè shū shu xǐng lái bìng jiào xǐng le jiào shòu
半夜叔叔醒来并叫醒了教授。

我们的帐篷被偷了！

笑话 你的大牙

"教授，您发现了什么吗？"叔叔看着天空问道。

教授思索了片刻说："从这些星星可以看出现在大概是凌晨三点，还有，明天恐怕会下雨。你发现了什么？"

"我们的帐篷被偷了。"叔叔说。

21

画苹果

shàonián gōng de yí wèi měi shù lǎo shī duì kè táng jì lǜ
少年宫的一位美术老师对课堂纪律

yāo qiú jí yán jué bu yǔn xǔ zài kè táng shang chī líng shí
要求极严，绝不允许在课堂上吃零食。

yì tiān shàng kè shí tā tū rán jiē dào jǐn jí tōng
一天上课时，他突然接到紧急通

zhī suǒ yǐ cōng máng bù zhì
知，所以匆忙布置

le huà píng guǒ de zuò yè jiù lí
了画苹果的作业就离

kāi le lí kāi qián tā
开了，离开前，他

tè yì shuō míng yào
特意说明要

xué sheng men huà wán
学生们画完

cái kě yǐ xià kè
才可以下课。

dì èr tiān   tā shōu dào suǒ yǒu xué sheng de zuò yè
第二天，他收到所有学生的作业

hòu   jīng yà de fā xiàn xué sheng men huà de dōu shì píng guǒ
后，惊讶地发现学生们画的都是苹果

húr
核儿!

邮件

yí gè nán zǐ kàn dào lín jū jiā de xiǎo háir   cóng jiā
一个男子看到邻居家的小孩儿从家

zhōng chū lai   dǎ kāi yóu xiāng   rán hòu zài guān shàng   huí
中出来，打开邮箱，然后再关上，回

dào jiā zhōng   zhè yàng fǎn fǎn fù fù   le
到家中。这样反反复复了

hǎo duō cì   zhè
好多次，这

míng nán zǐ hěn hào
名男子很好

我的电脑总是提示我有新的邮件，可是我出来看都没有。我想一定是我的电脑坏了！

邮箱

奇，就去问那个小孩儿："你为什么总是打开邮箱，然后看一下就回去呢？"

小孩儿说："我的电脑总是提示我有新的邮件，可是我出来看都没有。我想一定是我的电脑坏了。"

燕窝

xiǎo míng shì gè tiáo pí de hái zi
小明是个调皮的孩子，

mā ma zǒng shì gēn qián gēn
妈妈总是跟前跟

hòu de bāng tā shōu shi cán jú
后地帮他收拾残局。

yì tiān
一天，

mā ma yīn wèi láo lèi guò
妈妈因为劳累过

在奶奶家的屋檐底下啊，把它弄下来赏我挺大劲儿呢！

度住进了医院，小明想给妈妈做些有营养的东西。

在医院的病房里，妈妈很惊讶地看着小明递过来的保温杯问："这是什么？"

"燕窝！"小明骄傲地回答。

"你在哪儿弄的燕窝？"妈妈很奇怪。

"在奶奶家的房檐底下啊，把它弄下来费了我挺大劲儿呢！"

珍珠奶茶

一天，青蛙到奶牛场找奶牛谈生意。青蛙蹲在木头桩上滔滔不绝地向奶牛灌输现代生产销售的理念，并提出合作的要求。只见奶牛一脸困惑地望着青蛙说："真的会有人来喝吗？"青蛙很确信地点点头："当然了！你的牛奶加上我的卵，这是多么有创意的珍珠奶茶啊！"

牛奶＋青蛙卵＝珍珠奶茶

mā ma shēng rì nà tiān ，yí jìn jiā mén jiù jiàn zhuō zi shang bǎi
妈妈生日那天，一进家门就见桌子上摆
zhe yì wǎn niú ròu miàn ，xīn li shí fēn gǎn dòng 。zhè shí ，ér zi
着一碗牛肉面，心里十分感动。这时，儿子
ná zhe yì shuāng kuài zi cóng chú fáng zǒu chū lái ，mā ma gǎn jǐn yíng
拿着一双筷子从厨房走出来，妈妈赶紧迎
shàng qù shuō ："ér zi ，zhè shì nǐ gěi wǒ de shēng rì jīng xǐ
上去说："儿子，这是你给我的生日惊喜
ma ？""shì de ，mā ma ，jīng xǐ jiù shì wǒ zì jǐ huì zuò fàn
吗？""是的，妈妈，惊喜就是我自己会做饭
le ！"shuō wán ，ér zi dà kǒu chī qǐ miàn lái 。
了！"说完，儿子大口吃起面来。

辣子鸡丁

一个小男孩儿在院子里吃饭，他家养的小鸡围着他不停地转来转去，这让小男孩儿无法正常吃饭，他很生气，就低头对那些小鸡说："你们再不走远一点儿，我就对妈妈说晚饭要吃辣子鸡丁！"

你再不走远一点，我就对妈妈说晚上吃辣子鸡丁！

笑掉你的大牙

自助餐

某君第一次和朋友去吃自助餐，朋友酒足饭饱之后却发现某君不见了。5分钟后某君满头大汗地回来了，朋友不解地问他干什么去了。某君擦擦汗说："到走廊跑两圈儿，回来接着吃啊！"

到走廊跑两圈，回来接着吃啊！

智慧魔方大挑战

苹果土豆

zuì jìn bù zhī shì shén me yuán yīn　　dòu dou de mā ma mǎi huí
最近不知是什么原因，豆豆的妈妈买回

lái de píng guǒ dōu bù hǎo chī　　yí cì rěn wú
来的苹果都不好吃。一次忍无

kě rěn zhī xià　　dòu dou fèn rán bào fā
可忍之下，豆豆愤然爆发：

但是我认为它们是长在地下的，它们明显是苹果和土豆的嫁接品种！

笑掉
你的大牙

"妈妈，这些苹果是长在树上的还是长在地下的？"

妈妈奇怪地回答："当然是长在树上的。"

豆豆说："但是我认为它们是长在地下的，它们明显是苹果和土豆的嫁接品种！"

棒棒糖太阳

mǒu yòu ér yuán lǎo shī chóng shàng qù wèi jiào xué　shàng kè xǐ
某幼儿园老师崇尚趣味教学，上课喜

huan yòng jiǎn bǐ huà zuò shuōmíng　dàn shì huà gōngràng rén hàn yán
欢用简笔画作说明，但是画功让人汗颜。

yì tiān　kàn tú shuō huà kè shang　tā zài hēi bǎn shang huà le
一天，看图说话课上，她在黑板上画了

天上挂着一个大大的棒棒糖……

34

一片草地、三个简笔的小人和一个螺旋状的太阳，然后开始了开场白："这是一个晴朗的周末。"她放下粉笔，示意一个小女孩儿起来续接她的故事。

只见小女孩儿一脸困惑地站了起来："天上挂着一个大大的棒棒糖……"

老师："……"

100 个 小面包

yì tiān　　yì zhī xiǎo bái tù bèng bèng tiào tiào
一天，一只小白兔蹦蹦跳跳

de lái dào miàn bāo diàn duì lǎo bǎn shuō　　　　lǎo bǎn
地来到面包店对老板说："老板，

lǎo bǎn　 nín zhèr　yǒu　　　 gè xiǎo miàn bāo ma
老板，您这儿有100个小面包吗？"

duì bu qǐ　　méi yǒu
"对不起，没有！"

ò　　　　xiǎo bái tù shī wàng de zǒu le
"哦！"小白兔失望地走了。

dì èr tiān　　xiǎo bái tù yòu lái le　　　　lǎo bǎn lǎo
第二天，小白兔又来了，"老板，老

bǎn　 nín zhèr　yǒu　　　 gè xiǎo miàn bāo ma
板，您这儿有100个小面包吗？"

bù hǎo yì si　　méi yǒu
"不好意思，没有！"

yì lián jǐ tiān　　xiǎo bái tù dōu lái wèn xiāng tóng de
一连几天，小白兔都来问相同的

wèn tí　　zhōng yú yǒu yì tiān　　lǎo bǎn máng huo le yì
问题。终于有一天，老板忙活了一

zhěng tiān　　děng xiǎo bái tù yòu lái wèn de shí hou　　　tā
整天，等小白兔又来问的时候，他

gāo xìng de shuō　　　　yǒu a　　yǒu a
高兴地说："有啊，有啊！"

nà hǎo　　wǒ yào liǎng gè　　　　xiǎo bái tù tiān
"那好，我要两个。"小白兔天

zhēn de shuō
真地说。

"哈利菠菜"

8岁的小弟正是调皮的年纪，他给家里的每一个人和每一样东西都起了绰号。例如，电视是"家庭影院"；床是"最后的温柔"；饭桌是"一天见三次面的朋友"……

今天早上妈妈问大家中午想吃什么，爸爸要吃清蒸鱼，姐姐要吃土豆泥，而小弟则说："我要吃'哈利菠菜'！"

鳄鱼皮鞋

yǒu gè rén tīng shuō è yú pí xié hěn hǎo　　dàn yòu shě
有个人听说鳄鱼皮鞋很好，但又舍

bu de qián　　jiù zì jǐ qù zhuō è yú
不得钱，就自己去捉鳄鱼。

bàng wǎn　　tā jīn pí lì jìn de pá shang àn　　kū zhe
傍晚，他筋疲力尽地爬上岸，哭着

shuō　　　　tài qióng le
说："太穷了，

zhèr　　de è yú méi yí
这儿的鳄鱼没一

gè chuān pí xié de
个穿皮鞋的。"

太穷了！这儿的鳄鱼
没一个穿皮鞋的！

垃圾桶

yì suǒ xué xiào de lán qiú chǎng shang méi yǒu pèi bèi zhào
一所学校的篮球场上没有配备照

míng shè bèi xué sheng wǎn shang zhǐ néng jiè zhe yuè guāng dǎ
明设备，学生晚上只能借着月光打

qiú mǒu rì yí gè shēn dù jìn shì de nán shēng lù guò qiú
球。某日，一个深度近视的男生路过球

哦，不好意思，我以为你是垃圾桶呢！

场，正在发愁手里的雪糕包装袋儿不知应该丢到哪里时，突然向球场边儿一个蹲在地上的男生跑去，男生吓了一跳，站起来问："你干什么？"

学生扶扶眼镜说："哦，不好意思，我以为你是垃圾桶呢！"

502 胶水

娜娜的父母一向鼓励她自己动手做一些小手工，并且积极为她提供原材料，但是从不帮她做，只是给她作示范。

这天，娜娜要为一个好朋友准备生日礼物，做了没一会儿，就吵着让在隔壁睡觉的爸爸帮她，爸爸说了句："自己的事情要自己做。"就继续睡觉了。下午爸爸醒来，发现自己的两根手指被502胶水

粘住了，爸爸生气地对娜娜说："你这是在干什么？"

娜娜噘着嘴说："你们都不帮我，我的手指都粘到一块儿了，我不知道怎么弄开它们，只好把你的也粘住，看你是怎么办的啊。"

小胡一向健忘，老婆对此很不满。

有一天，小胡兴冲冲地跑来对老婆说："我刚刚学会了'联想记忆法'，肯定不会再忘事了。"老婆听了也很高兴。

一天，老婆上班前对小胡说："孩子今天过生日，你下班记得买蛋糕。"小胡想："买蛋糕——蛋糕是面粉做的——面粉能做面条——今天

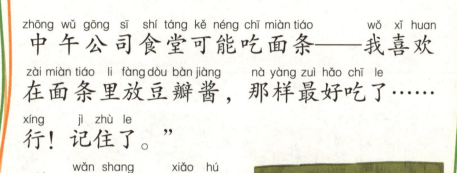

zhōng wǔ gōng sī shí táng kě néng chī miàn tiáo   wǒ xǐ huan
中午公司食堂可能吃面条——我喜欢

zài miàn tiáo li fàng dòu bàn jiàng   nà yàng zuì hǎo chī le
在面条里放豆瓣酱，那样最好吃了……

xíng   jì zhù le
行！记住了。"

wǎn shang   xiǎo hú
晚上，小胡

huí jiā   dài le yí dàir
回家，带了一袋儿

dòu bàn jiàng
豆瓣酱。

执著

yí gè chāo jí ài chē zú shěng chī jiǎn yòng zhōng yú mǎi
一个超级爱车族省吃俭用终于买

le yí liàng jí pǔ chē　　nǎ zhī dì èr tiān zǎo shang　　fā xiàn
了一辆吉普车，哪知第二天早上，发现

lín jū de hái zi zài jí pǔ chē chē shēn shang　　　　　　　de
邻居的孩子在吉普车车身上"4×4"的

biāo zhì hòu miàn yòng xiǎo dāo kè shàng le　　　　　　　ài
标志后面用小刀刻上了"=16"，爱

chē zú shí fēn xīn téng　　dàn kàn zài lín jū de fèn shang zhǐ hǎo
车族十分心疼，但看在邻居的份上只好

zuò bà　　bú liào dì sān tiān　　nà gè hái zi yòu zài tā gāng
作罢。不料第三天，那个孩子又在他刚

pēn hǎo qī de chē shēn shang kè le yí biàn　　ài chē zú shí
喷好漆的车身上刻了一遍，爱车族十

fēn yù mèn　　zài cì pēn qī hòu tā xiǎng chū le yí gè hǎo zhǔ
分郁闷，再次喷漆后他想出了一个好主

意，他把一张写着"=16"的纸贴在了车上，心想：这回没事了吧！又一天早上，爱车族晕倒在车前，这是为什么呢？原来他发现在他的车身上赫然多了一个对号和一个大大的100分！

最佳健议

精神病院的休息室里，一个病人把一本书递给另一个病人说："您的大作我已经拜读过了，十分精彩，我唯一的建议就是您能否将出场人物再减少一些？""哦，您的专业意见我当然会认真考虑。"这时，一位护士走过来说："我的建议是，如果你们不想被关回病房，就不要随便拿电话簿来玩儿！"

5岁的小明缠着妈妈要玩儿猜谜语，妈妈见时间太晚了，只好说："那好吧，可是如果我猜对了，你就得去睡觉！"

"没问题！"

交通信号灯嘛！

nà jiù kāi shǐ ba
“那就开始吧！”

shén me dòng wù sān zhī yǎn jing yì tiáo tuǐ
“什么动物三只眼睛一条腿？”

hěn jiǎn dān shì jiāo tōng xìn hào dēng ma
“很简单，是交通信号灯嘛！”

mā ma wǒ wèn de shì dòng wù
“妈妈，我问的是动物！”

“……”

bù zhī dào le ba
“不知道了吧？”

dào dǐ shì shén me a
“到底是什么啊？”

guài wù
“怪物！”

双层巴士

yòu ér yuán zǔ zhī xiǎo péng yǒu qù chūn yóu　　yīn wèi rén tài duō
幼儿园组织小朋友去春游，因为人太多

jiù zū le yí liàng shuāngcéng bā shì　　lǎo shī bǎ nán hái zi men ān pái
就租了一辆双层巴士。老师把男孩子们安排

zài shàngcéng　　nǚ hái zi men zài xià céng　　chē kāi
在上层，女孩子们在下层。车开

dào yí bànr　　lǎo shī fā jué
到一半儿，老师发觉

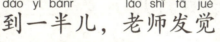

老师，我们上来才发现，上层根本没有司机！

51

上层的男孩子过分安静，便决定去看一下。

老师来到上层，见所有的男孩子都一动不动，显出一副极度恐惧的样子，而且全身僵直，两眼盯着前面，双手紧紧地抓着他们前面的座位靠背。

"你们怎么了？发生了什么事？"老师不解地问。

其中一个男孩儿小声说："老师，我们上来才发现，上层根本没有司机！"

电器商店

yì zhī xiǎo bái tù zǒu jìn yì jiā diàn qì shāng diàn wèn shòu huò
一只小白兔走进一家电器商店问售货

yuán zhè tái diàn shì jī duō shǎo qián
员："这台电视机多少钱？"

shòu huò yuán shuō wǒ shì bú huì gào su yì zhī xiǎo bái
售货员说："我是不会告诉一只小白

tù de
兔的。"

因为这台不是电视机而是微波炉。

第二天，小白兔把自己染成了灰色后又来到电器商店，问："这台电视机多少钱？"

售货员还是说："我是不会告诉一只小白兔的。"

第三天，小白兔把自己染成红色，再次来到电器商店，问："这台电视机多少钱？"

售货员仍然说："我是不会告诉一只小白兔的。"

小白兔实在忍不住了，问他说："你怎么知道我是小白兔？"

售货员说："因为这台不是电视机，而是微波炉。"

验算

某学校考试，还有20分钟就要交卷子了，只见一位同学正在用抓阄的办法解决大部分选择题。可他明明已经将答题卡全部填完了，却还在着急地抓阄。监考老师实在太好奇了，便过去询问："你不是都选过了吗，怎么还要再抓？"同学一脸严肃地说："选是选过了，但还要验算啊！"

方法

jié kè de lín jū yǎng le yì qún jī
杰克的邻居养了一群鸡，

jīng cháng pǎo dào jié kè jiā de yuàn zi li zhǎo chī de
经常跑到杰克家的院子里找吃的，

bǎ tā de huā yuán gǎo de yì tuán zāo jié kè duō cì jǐng gào
把他的花园搞得一团糟。杰克多次警告

lín jū guǎn lǐ hǎo nà xiē jī kě shì lín jū gēn běn méi yǒu cǎi
邻居管理好那些鸡，可是邻居根本没有采

qǔ rèn hé cuò shī yì xīng qī hòu jié kè de péng you hào qí
取任何措施。一星期后，杰克的朋友好奇

de wèn tā nǐ de lín jū zhōng yú kāi shǐ gù jí nǐ de gǎn
地问他："你的邻居终于开始顾及你的感

shòu le ma bù jié kè shuō wǒ zài liǎng tiān
受了吗？""不，"杰克说，"我在两天

qián de zǎo shang bǎ yì lán zi jī dàn sǎ zài le huā yuán li
前的早上把一篮子鸡蛋撒在了花园里，

děng dào zhōng wǔ tā chū lái sàn bù de shí hou dāng zhe tā de
等到中午他出来散步的时候，当着他的

miàn yí gè gè jiǎn le qǐ lái zhī hòu tā jiù bú
面一个个捡了起来，之后他就不

zài nà yàng le
再那样了！"

五星级大酒店

shì lǐ jiàn chéng le dì yī jiā wǔ xīng jí dà jiǔ diàn
市里建成了第一家五星级大酒店，

yí gè nán zǐ jué dìng qù jiàn shi yí xià　jiǔ diàn de fú wù
一个男子决定去见识一下。酒店的服务

shēng rè qíng de jiē dài le tā　bìng dǎ suàn dài tā dào fáng
生热情地接待了他，并打算带他到房

jiān qù
间去。

tū rán　nán zǐ shēng qì de shuō　　nǐ qī fu wǒ
突然，男子生气地说："你欺负我

méi jiàn guo shì miàn a　　shì bu shì yǐ wéi wǒ méi qián a
没见过世面啊？是不是以为我没钱啊？

jū rán ràng wǒ zhù zhè me xiǎo de fáng jiān　　fú wù shēng máng
居然让我住这么小的房间！"服务生忙

jiě shì dào　　xiān sheng　　zhè shì diàn tī
解释道："先生，这是电梯！"

时间

　　一个男子去沙漠冒险，在两天两夜不眠不休地驾驶后，他终于成功地穿越了沙漠，他疲倦极了，在一个安静的路边停下来准备睡觉。男子刚刚睡着，一个晨跑的人敲响了他的车窗。

　　"什么事？"男子睁开眼睛问。

　　"对不起，请问现在几点了？"那个人问。

"7点。"男子说完又继续睡觉了，他刚刚睡熟，又有一个人敲响了他的车窗。

"打扰一下，请问现在几点了？"

"7点15。"男子有点儿郁闷。在这个人离开后,他在车窗上贴了一张纸,上面写着:"我不知道时间。"然后安心地进入了梦乡,这时又有一个人敲响了他的车窗:"先生,我可以告诉你时间,现在是7点30。"

一天早上，向来晚起的室友大叫一声，猛然从床上坐起。我惊讶地看着他问："发生什么事了？"

可是……那些美味都在别人的碗里啊……

室友说："我梦到了很多好吃的，有蛋糕、冰激凌、火腿……"

我说："那是好梦啊，你干吗好像被老鼠咬到一样，叫得那么吓人。"

室友说："可是……那些美味都在别人的碗里啊……"

勇敢

"兄弟，听说你在这次的战斗中表现得十分勇敢，战斗一打响就把一个敌人的胳膊砍下来了！"将

报告将军，那是因为跑在我前面的那个人已经把他的头给砍掉了！

军拍着一个士兵的肩膀说。

"是的，将军，当时他的手里还拿着机关枪呢！"

"太棒了！你做得很好，很勇敢，但是为什么不直接砍掉他的头呢？"

"报告将军，那是因为跑在我前面的那个人已经把他的头给砍掉了！"

偷吃的代价

xīn xin yǎng le yì zhī shí fēn kě ài de yīng wǔ wéi yī ràng
欣欣养了一只十分可爱的鹦鹉，唯一让
rén shēng qì de jiù shì tā zǒng shì xǐ huan
人生气的就是它总是喜欢
dào chú fáng qù tōu chī cǎo méi dàn gāo
到厨房去偷吃草莓蛋糕。

笑掉你的大牙

yì tiān　dāng xīn xin yòu yí cì fā xiàn tā de zhè zhǒng
一天，当欣欣又一次发现它的这种

xíng wéi hòu　jǐng gào tā shuō
行为后，警告它说：

rú guǒ nǐ zài gǎn tōu chī wǒ
"如果你再敢偷吃我

de cǎo méi dàn gāo　wǒ jiù bǎ nǐ de máoquán bù bá diào
的草莓蛋糕，我就把你的毛全部拔掉！"

dì èr tiān　yǒu yí wèi guāng tóu de péng you lái bài fǎng　yīng
第二天，有一位光头的朋友来拜访，鹦

wǔ duì nà wèi péng you shuō
鹉对那位朋友说：

zhēn gāo xìng nǐ yě xǐ huan cǎo
"真高兴你也喜欢草

méi dàn gāo　bú guò péng you
莓蛋糕，不过朋友，

xià cì nǐ děi pǎo de zài kuài
下次你得跑得再快

diǎnr
点儿！"

67

一座精神病院为了防止病人逃走，在医院的四周建了100道高墙。

一天晚上，两个病人相约逃走。当他们爬过第九十九道墙的时候，一个病人对另一个病人说："兄弟，我实在太累了，你怎么样，还能爬动吗？"另一个回答："大哥，我也不行了，要不我们放弃吧？""好！那我们爬回去吧！"

计谋

一名记者获悉主要干道上发生了一起交通事故，急忙赶到现场采访，谁知围观群众太多，根本无法挤进人群。正当他焦急万分的时候，突然想到一个主意，于是假装悲伤地说："让我进去！让我进去！受伤的是我的父亲！"人群迅速分开，记者暗喜，走近一看，只见一头驴正躺在地上，血流不止。

小朋友的疑惑

yòu ér yuán zǔ zhī xiǎo péng yǒu men dào jǐng chá jú cān guān　dāng
幼儿园组织小朋友们到警察局参观，当

kàn dào qiáng shang tiē zhe tōng jī fàn de zhào
看到墙上贴着通缉犯的照

piàn shí　　　　yí gè xiǎo péng yǒu zhǐ
片时，一个小朋友指

通缉令

可是，你们为什么不在他们来照相的时候抓住他们呢？

笑 破 你的大牙

着照片问：“警察叔叔，这些都是真的通缉犯的照片吗？”

“当然了，”警察说道，“我们这么辛苦就是为了抓到他们啊。”

“可是，你们为什么不在他们来照相的时候抓住他们呢？”

71

老板的选择

饭店里，一位客人向服务员抱怨饭菜实在是太难吃了："这样也能开饭店？把你们老板给我叫来！""对不起，先生，我们老板不在！""你少来这套，快把你们老板叫来！""先生，我真没骗你，我们老板每天这个时候都会出去吃饭的！"

先生，我真没骗你，我们老板每天这个时候都会出去吃饭的！

骗子的疑惑

一个骗子当街行骗，为了不引起人们的怀疑，他安排自己7岁的儿子假装陌生人配合自己的表演。表演结束后，他得意地对观众说："大家看到了，我可没骗你们吧，这个跟我素不相识的孩子可以为我证明，对吧？"他朝儿子眨眨眼。"一点儿也不错，爸爸！"儿子心领神会地回答。

挨打的原因

xiǎo gāng pǎo jìn fáng jiān duì mā ma shuō
小刚跑进房间对妈妈说：

mā ma　　　bà ba jīn tiān yǐ jīng shì dì èr
"妈妈，爸爸今天已经是第二

cì dǎ wǒ le
次打我了！"

dǎ nǐ yí dìng shì
"打你一定是

yǒu yuán yīn de　　nǐ jiū jìng
有原因的，你究竟

臭小子！敢戏弄老子！

笑 坛
你 的 大 牙

zuò cuò shén me le
做错什么了？"

　　　　　dì yī cì shì yīn wèi wǒ gěi tā kàn le yì zhāng líng fēn de
　　"第一次是因为我给他看了一张零分的

shì juàn　　　　　　nà dì èr cì ne　　　　　wǒ gào su tā　　nà
试卷……""那第二次呢？""我告诉他，那

zhāng shì tā xiǎo shí hou de juàn zi
张是他小时候的卷子。"

勇敢的人

yǒu gè bǎi wàn fù wēng zài tā de sī rén
有个百万富翁在他的私人

chí táng li yǎng le hěn duō è yú bìng gōng kāi xuān
池塘里养了很多鳄鱼，并公开宣

bù   shéi gǎn cóng wǒ de è yú chí zhōng yóu guo qu
布："谁敢从我的鳄鱼池中游过去，

wǒ jiù jiǎng lì gěi tā   wàn měi yuán
我就奖励给他100万美元。"

huà yīn gāng luò   zhǐ tīng jiàn yí gè nán zǐ   sōu   de
话音刚落，只听见一个男子"嗖"的

yí xià yuè rù chí táng bìng xùn sù de yóu dào le duì àn
一下跃入池塘，并迅速地游到了对岸。

bǎi wàn fù wēng jī dòng de zǒu shàng qián qu   lā zhe nán
百万富翁激动地走上前去，拉着男

zǐ de shǒu shuō　　nián qīng rén　　bǎ nǐ de yín háng zhàng hào
子的手说："年轻人，把你的银行 账号

gào su wǒ　　wǒ mǎ shàng huì qián gěi nǐ
告诉我，我马上汇钱给你。"

shéi zhī nán zǐ gèng jǐ dòng de shuō　　　　hái
谁知男子更激动地说："还

shi nǐ gào su wǒ　　gāng cái shì shéi
是你告诉我，刚才是谁

bǎ wǒ chuài xia qu de ba
把我踹下去的吧。"

是谁把我踹下去的？

都是广告惹的祸

chū zhōng yí gè bān jí zhèng zài shàng yǔ wén kè　　lǎo
初中一个班级正在上语文课，老

shī yào tóng xué men bèi yí biàn shàng jié kè xué de　　chì lè
师要同学们背一遍上节课学的《敕勒

gē　　　　tóng xué men dà shēng bèi sòng qi lai　　　　chì lè
歌》。同学们大声背诵起来："敕勒

chuān　　yīn shān xià　　tiān sì qióng lú　　　tiān cāng cāng
川，阴山下，天似穹庐……天苍苍，

yě máng máng　　fēng chuī cǎo dī xiàn niú yáng
野茫茫，风吹草低见牛羊。

dà cǎo yuán　　rǔ piāo xiāng　　　　　lǎo shī
大草原，乳飘香……"老师

yūn dǎo
晕倒。

……天苍苍，野茫茫，风吹草地见牛羊，大草原，乳飘香……

成绩单的用处

"好样的，儿子，你们老师说你这次又考了第一名，来，把成绩单给我看看！"

"抱歉爸爸，我想你得排到下周看了。"

"为什么，你们的成绩单不是今天发吗？"

"是的，不过，要借我成绩单给父母看的同学已经把这周排满了。"

挨饿的原因

有一次，一位著名的大文豪去参加聚会，碰巧遇到了一个为人刻薄的家伙。那人看见又瘦又高的文豪，扭动着自己臃肿的身躯嘲讽道："天啊，你这样走出去，人家还以为我们这里的人都在挨饿呢！"文豪笑了笑，反唇相讥道："哦，不过大家看到你，就会理解我们为什么会挨饿了！"

粗心的结果

"你是怎么打听消息的？我们已经在这儿撬开100多个保险柜了，居然连一个有钱的也没有！"一个小偷气愤地问他的同伙。

"我，我白天忘记看招牌了，刚才才知道这里是保险柜公司的仓库！"

孕妇的儿子

5岁的儿子看到怀孕的妈妈表情十分痛苦，便问："妈妈，你怎么了？"妈妈安慰他说："没什么，是你调皮的弟弟在里面乱动呢。"儿子想了想跑了出去，回来的时候手上拿着一把崭新的玩具手枪，说："妈妈，你把这个吞下去给他吧，我想他会喜欢的！"

我知道的飞行动物

tāng mǔ cān jiā cháng shí kǎo shì
汤姆参加常识考试。

lǎo shī　　　　gào su wǒ yí gè fēi xíng dòng wù de
老师："告诉我一个飞行动物的

míng zi
名字。"

tāng mǔ　　　　　yì zhī lǎo yīng
汤姆："一只老鹰。"

lǎo shī　　　hěn hǎo　　qǐng gào su wǒ lìng yí gè fēi
老师："很好，请告诉我另一个飞

xíng dòng wù de míng zi
行动物的名字。"

tāng mǔ　　　　　lìng yì zhī lǎo yīng
汤姆："另一只老鹰。"

祝福的泼水

大一下学期一开学，甲同学便兴高采烈地向大家讲起自己旅游的经历，当讲到少数民族以泼水的方式向亲友表达祝福的时候，同学们纷纷向他泼起水来。突然，他大叫一声："谁泼我？"同学们见他这么生气，奇怪道："你不是说泼水是表达祝福吗！""但我没说开水也算啊！"

不识字的悲哀

yí wèi xiǎo gū niang zuò zài lù biān kū yí gè rén zǒu
一位小姑娘坐在路边哭，一个人走
guo qu wèn tā zěn me le wǒ xīn ài de xiǎo gǒu diū
过去问她怎么了。"我心爱的小狗丢
le ò shì zhè yàng nà nǐ wèi shén me bú zài
了。""哦，是这样，那你为什么不在
bào zhǐ shang dēng yí gè guǎng gào ne xiǎo gū niang shuō
报纸上登一个广告呢？"小姑娘说：
dàn shì dàn shì wǒ de xiǎo gǒu bú rèn shi zì a
"但是，但是我的小狗不认识字啊！"

但是，但是我的小狗
不认识字啊！！！

美味的姐姐

zuò wén kè shang
作文课上，老师布置了一篇名为
wǒ de jiě jie gē ge de zuò wén
"我的姐姐/哥哥"的作文。A同学写的
shì wǒ piàoliang de jiě jie lǐ miànmiáo xiě wài mào de
是"我漂亮的姐姐"，里面描写外貌的
bù fen shì zhè yàng xiě de tā nà hēi zhī ma yí yàng de
部分是这样写的："她那黑芝麻一样的
tóu fà pú tao shì de dà yǎn jing suàn tóu shì de bí
头发，葡萄似的大眼睛，蒜头似的鼻
zi yīng táo shì de xiǎo zuǐ píng guǒ yí yàng jiàn kāng de
子，樱桃似的小嘴，苹果一样健康的
liǎn sè jiān sǔn shì de shǒu zhǐ xiě hǎo hòu
脸色，尖笋似的手指……"写好后，A
tóng xué bǎ zuò wén ná gěi tóng zhuō kàn zěn me yàng
同学把作文拿给同桌看："怎么样，

wǒ shì bu shì bǎ wǒ jiě jie miáo xiě de hěn piào liang a
我是不是把我姐姐描写得很漂亮啊？"

nà wǒ dào bú què dìng dàn nǐ zhēn de bǎ
"那我倒不确定，但你真的把

tā miáo xiě de hěn měi wèi
她描写得很美味！"

那我倒不确定，但你真的把她描写得很美味！

吃包子的技巧

yí gè gù kè xiàng bāo zi diàn de lǎo bǎn tóu sù　　　　　nǐ men
一个顾客向包子店的老板投诉："你们
zhè shì shén me bāo zi a　　gēn běn jiù méi yǒu xiànr
这是什么包子啊？根本就没有馅儿！"

"怎么会？是你不懂吃包子的技巧，来来，我教你。"

顾客拿起包子咬了一口，没有馅儿，"你看看！"

"哎呀，你咬得也太小了！还没到呢！"

顾客又狠狠地咬了一口，还是没看见馅儿，"这是怎么回事？"

"你这口咬得也太大了，馅儿都咬完了！"

89

"外语"的作用

老鼠妈妈带着孩子们出去找吃的，这时一只猫跑了过来，老鼠们四处逃窜，但还是有一只小老鼠被抓住了。就在这千钧一发的时候，传来了一阵狗叫声，猫放下小老鼠狼狈地逃走了。这时老鼠妈妈从墙角走出来对吓坏了的小老鼠说："早就跟你说应该好好学一门外语，现在知道用处大了吧！"

年龄的力量

妻子因为一场交通意外被送进了医院，几个小时后，医生将丈夫叫进了手术室："很抱歉，你太太的伤势实在太严重了，如果明早她还不醒的话，恐怕……"

第二天早上，妻子仍然没有醒，丈夫哭着对医生说："请您救救她吧，再过两天就是她30岁的生日了啊！"

"29岁。"妻子微微张开双眼说。

懂事的树木

看来树还很懂事啊！

yì tiān　　　　suì de qiáo zhì hé
一天，4岁的乔治和

bà ba zuò zài shù xià chéngliáng　　qiáo
爸爸坐在树下乘凉。乔

zhì tái tóu wàng zhe shù shang de　yè
治抬头望着树上的叶

zi　　　hěn bù jiě de wèn bà ba
子，很不解地问爸爸：

dōng tiān wèi shén me méi yǒu mào
"冬天为什么没有茂

shèng de yè zi
盛的叶子？"

bà ba xiǎng yě méi xiǎng
爸爸想也没想

jiù shuō　　　dōng tiān rén men xū
就说："冬天人们需

要温暖的阳光，如果树上长有茂盛的叶子，不就挡住了这温暖的阳光吗？"

乔治又问："夏天树上为什么又长有茂盛的叶子？"

爸爸说："道理正相反。夏天人们讨厌这炽热的阳光，树上长有叶子，能给人们挡住阳光。"

乔治好像明白了什么，说了句："看来树还是很懂事的啊！"

要命的邮件

一对夫妻计划出国旅行，丈夫提前到
目的地预订了房间并做好了一系列的准备
工作。

一切安排
好后，丈夫

给妻子发了个电子邮件。可粗心的他却错把邮件发给了一个刚死了丈夫的寡妇，寡妇看到邮件后尖叫一声就晕倒了。只见电脑屏幕上显示着邮件的内容：

亲爱的：

手续已经办好，为你明天的到来做好了一切准备。亲爱的，明天晚上见。

爱你的丈夫

孩子的心

guǎng bō diàn tái de diǎn gē jié mù jiē dào
广播电台的点歌节目接到

yí gè suì xiǎo nǚ háir de diàn huà wǒ yào
一个8岁小女孩儿的电话："我要

wèi wǒ de mā ma diǎn yì shǒu gē tā měi tiān dōu yào dài
为我的妈妈点一首歌，她每天都要带

wǒ qù xué xí yīng yǔ gāng qín huà huà tiào wǔ xià
我去学习英语、钢琴、画画、跳舞、下

qí hái yǒu hěn duō hěn duō dōng xi xiàn zài tā yòu chū qù
棋，还有很多很多东西，现在她又出去

gěi wǒ mǎi xí tí qu le
给我买习题去了。"

nà nǐ de mā ma zhēn de shì hěn xīn kǔ a nǐ yě
"那你的妈妈真的是很辛苦啊，你也

shì gè guāi hái zi　　nǐ xiǎng wèi tā diǎn yì shǒu shén me gē
是个乖孩子，你想为她点一首什么歌

ne　　zhǔ chí rén gǎn dòng de wèn
呢？"主持人感动地问。

wǒ yào diǎn yì shǒu　　nǚ
"我要点一首《女

rén hé kǔ wéi nán nǚ rén
人何苦为难女人》。"

我要点一首《女人何苦为难女人》。

逃跑的精神病人

yí gè cóng jīng shén bìng yuàn táo pǎo
一个从精神病院逃跑

chu lai de bìng rén lái dào gōng gòng diàn huà
出来的病人来到公共电话

tíng tā ná qǐ diàn huà gěi jīng shén bìng
亭，他拿起电话给精神病

yuàn zhù yuàn bù dǎ
院住院部打

太好了！看来我真的跑出来了！

笑 话
你的大牙

了个电话：“你好，请问38号病房的
病人在吗？”

接线员护士听了电话后马上去病
房里看了一下，回来告诉他没有人。

精神病人立刻说：“太好了，看来
我真的跑出来了。”

伤自尊

xiǎo míng de tóu zhǎng de hěn fāng tóng xué jīng cháng cháo
小明的头长得很方，同学经常嘲

xiào tā hái gěi tā qǐ le yí gè wài hào jiào zhuān
笑他，还给他起了一个外号叫"砖

tou xiǎo míng hěn nán guò huí jiā wèn mā ma shuō
头"。小明很难过，回家问妈妈说：

wǒ de tóu zhēn de zhǎng de xiàng zhuān tou ma mā ma
"我的头真的长得像砖头吗？"妈妈

bù rěn xīn shāng hài tā jiù shuō bú huì a mā ma
不忍心伤害他，就说："不会啊，妈妈

jué de yì diǎnr dōu bú xiàng
觉得一点儿都不像！"

xiǎo míng tīng le mā ma de huà kāi xīn le hěn duō dàn
小明听了妈妈的话开心了很多，但

tā hái shi yǒu diǎnr bù xiāng xìn jiù pǎo dào jǐng biān qù
他还是有点儿不相信，就跑到井边去

zhào zhao kàn   shéi zhī gāng lái dào
照照看。谁知刚来到

jǐng kǒu tā jiù tīng xià miàn de qīng
井口他就听下面的青

wā mā ma duì xiǎo qīng wā shuō
蛙妈妈对小青蛙说：

hái zi   kuài pǎo   shàng miàn
"孩子，快跑！上面

yǒu rén yào rēng zhuān tou
有人要扔砖头！"

快跑

找泳裤

xiǎo hé biān　　mǎ yǐ zhòu zhe méi tóu zài àn shang zǒu lái
小河边，蚂蚁皱着眉头在岸上走来

zǒu qù　tū rán　　tā kàn jiàn le zhèng zài hé li yóu yǒng de
走去，突然，它看见了正在河里游泳的

dà xiàng　　lián máng
大象，连忙

chòng tā hǎn dào　　　　nǐ
冲它喊道："你，

shàng lai yí xià　　　dà xiàng
上来一下！"大象

yì tóu wù shuǐ de zǒu shàng àn
一头雾水地走上岸

lai　wèn dào
来，问道：

shén me shì
"什么事？"

我只想知道是谁把我的泳裤穿走了？

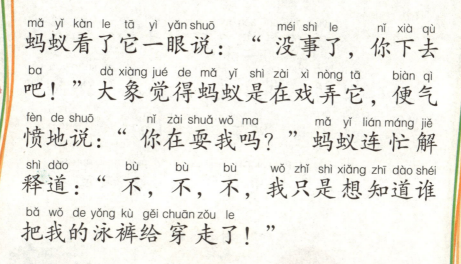

蚂蚁看了它一眼说："没事了，你下去吧！"大象觉得蚂蚁是在戏弄它，便气愤地说："你在耍我吗？"蚂蚁连忙解释道："不，不，不，我只是想知道谁把我的泳裤给穿走了！"

打电话

　　jīn tiān nǐ shì zěn me le　　cái liáo le yí gè xiǎo
"今天你是怎么了？才聊了一个小

shí jiù bǎ diàn huà guà le　　píng cháng bú shì zhì shǎo yào liáo
时就把电话挂了，平常不是至少要聊

liǎng gè xiǎo shí de ma　　gē ge wèn mèi mei
两个小时的吗？"哥哥问妹妹。

　　duì fāng dǎ cuò diàn huà le　　mèi mei huí dá
"对方打错电话了。"妹妹回答。

对方打错电话了。

防蚊子

明明每次和小朋友们一起出去玩儿，总会弄得脏兮兮的，一身泥点儿。妈妈很不满意。可是小明却笑嘻嘻地说："现在是夏天啊。""这和夏天有什么关系？"妈妈不解。明明大声说："书上说夏天时犀牛就是用泥巴防蚊子的！我为什么不可以。"

煮 鸡 腿

dīng dīng shàng wǎng de shí hou xǐ huan bǎ tuǐ dā zài zhǔ
丁丁上网的时候喜欢把腿搭在主

jī de shàng miàn   wèi cǐ méi shǎo ái fù mǔ de xùn chì   dàn shì dīng dīng
机的上面，为此没少挨父母的训斥：

nǐ   bǎ tuǐ cóng zhǔ jī shang nuó kāi
"你，把腿从主机上挪开！"但是丁丁

lǚ jiào bù gǎi   yī rán rú gù   ér fù mǔ de xùn chì yě
屡教不改，依然如故，而父母的训斥也

zhú jiàn suō duǎn wéi   zhǔ jī   tuǐ
逐渐缩短为："主机！腿！"

yǒu yì tiān   kè rén lái fǎng   dīng dīng de mǔ qīn hé
有一天，客人来访，丁丁的母亲和

kè rén zài kè tīng jiāo tán   zhè shí tū rán tīng dào dīng dīng fù
客人在客厅交谈，这时突然听到丁丁父

qīn de dà hǒu   zhǔ jī   tuǐ
亲的大吼："主机！腿！"

kè rén dà jīng   xiǎo xīn yì yì de duì dīng dīng de mǔ
客人大惊，小心翼翼地对丁丁的母

亲说：“那个……我个人认为……烤鸡腿和炖鸡腿都比较好吃，煮鸡腿好吃吗？”

 治失眠

yī shēng　　nǐ　yí dìng děi bāng wǒ xiǎngxiang bàn fǎ　　wǒ yǐ
"医生，你一定得帮我想想办法，我已

jīng kuài bèi shī mián zhé mó fēng le　　bìng rén tòng kǔ de shuō
经快被失眠折磨疯了！"病人痛苦地说。

ò　　wǒ kě yǐ kāi xiē ān mián yào gěi nǐ　　dàn yào wù duì
"哦，我可以开些安眠药给你，但药物对

nǐ méi hǎo chù　　wǒ men kě yǐ xiān shì shi yì xiē jiàn kāng de liáo
你没好处，我们可以先试试一些健康的疗

fǎ　　yī shēng jìn zhí de shuō
法。"医生尽职地说。

nà kě zhēn shi tài hǎo le
"那可真是太好了！"

nǐ shì zhe cóng　shǔ dào　　yīng gāi jiù néng shuì
"你试着从1数到1000，应该就能睡

zháo le
着了。"

bìng rén rèn zhēn de diǎn le diǎn tóu
病人认真地点了点头。

dì èr tiān bìng rén liǎng yǎn tōng hóng de lái zhǎo yī shēng
第二天，病人两眼通红地来找医生。

bù xíng ma
"不行吗？"

bìng rén tòng kǔ de yáo le yáo tóu
病人痛苦地摇了摇头：

wǒ shǔ dào de shí hou shí
"我数到900的时候实

zài shì kùn de bù xíng
在是困得不行

le jiù qǐ lái hē le
了，就起来喝了

bēi kā fēi jì xù shǔ
杯咖啡继续数，

děng shǔ dào de shí
等数到1000的时

hou wǒ zhēn de yì diǎnr
候，我真的一点

yě bù xiǎng shuì le
儿也不想睡了，

jiù zhè yàng yì zhí dào
就这样一直到

tiān liàng
天亮。"

我数到900的时候实在是困得不行了，就起来喝了杯咖啡继续数，等数到1000的时候，我真的一点儿也不想睡了，就这样一直到天亮。

抄作文

lǎo shī wèn xiǎo míng
老师问小明："你和你的同桌是亲
qi ma
戚吗？"

bú shì a   wǒ men bú shì qīn
"不是啊，我们不是亲
qi   xiǎomíng mò míng qí miào de huí dá
戚。"小明莫名其妙地回答。

nà wèi shén me
"那为什么
wǒ de wài zǔ fù
《我的外祖父》
nà piān zuò wén nǐ men xiě de
那篇作文你们写的
wánquán yí yàng
完全一样？"

那为什么《我的外祖父》那篇作文你们写的完全一样？

你的大牙

弹钢琴

yīn yuè kè shang　　lǎo shī tán zòu le　yì shǒu shī tè láo sī de
音乐课上，老师弹奏了一首施特劳斯的

gāng qín qǔ　　xiǎo míng tīng hòu wèn xiǎo máo　　　nǐ dǒng yīn yuè
钢琴曲。小明听后问小毛："你懂音乐

ma　　　xiǎo máo shuō　　　lüè dǒng　　　yú shì xiǎo míng jiù wèn
吗？"小毛说："略懂。"于是小明就问：

nà gāng cái lǎo shī tán de shì shén
"那刚才老师弹的是什

me　　　xiǎo máo rèn zhēn de huí dá
么？"小毛认真地回答

dào　　　gāng qín
道："钢琴。"

钢琴

看牙医

yí duì fū fù lái dào yì jiā yá kē zhěn suǒ
一对夫妇来到一家牙科诊所。

zhàng fu duì yī shēng shuō　　　bá diào yá chǐ　　dàn bù xū
丈夫对医生说：" 拔掉牙齿，但不需

yào yòng yào　　　yě bú bì dǎ zhēn　　gèng bù xū yào qí tā de fǔ
要用药，也不必打针，更不需要其他的辅

zhù gōng jù　　　nǐ zhǐ yào jiāng nà kē ràng rén tòng kǔ de yá chǐ bá
助工具，你只要将那颗让人痛苦的牙齿拔

你的大牙

diào jiù kě yǐ le
掉就可以了！"

　　　　nǐ shì wǒ jiàn guo de bìng rén zhōng zuì yǒng gǎn de yí wèi
　　"你是我见过的病人中最勇敢的一位，
xiān ràng wǒ kàn kan nǐ de nǎ kē yá chǐ chū le wèn tí ba　　　　yī
先让我看看你的哪颗牙齿出了问题吧！"医
shēng zàn shǎng de shuō
生赞赏地说。

　　　　zhè shí zhàng fu zhuǎn guò shēn　　duì shēn hòu de qī zi shuō
　　这时丈夫转过身，对身后的妻子说
dào　　　　guò lái　　qīn ài de　　ràng yī shēng kàn kan nǐ de
道："过来，亲爱的，让医生看看你的
yá chǐ
牙齿。"

113

上报纸

一群孩子聚在一起聊天，聊到自己家里的亲戚中有什么名人时，大家有的说自己的叔叔伯伯上过电视，有的说自己的舅舅阿姨上过杂志。小勇家里没有这样的亲戚，根本

寻人启事栏！

chā bu shàng zuǐ　　tū rán tā xiǎng qǐ le shén me　　dà shēng shuō
插不上嘴，突然他想起了什么，大声说：

nà yǒu shén me　　wǒ hái shàng guo bào zhǐ ne　　nà shí hou wǒ
"那有什么，我还上过报纸呢！那时候我

cái sān suì　　dà jiā quán dōu yòng xiàn mù de yǎn guāng kàn zhe
才三岁！"大家全都用羡慕的眼光看着

tā　　yí gè rén wèn　　shì zài nǎ yì bǎn a　　xún
他，一个人问："是在哪一版啊？""寻

rén qǐ shì lán　　xiǎo yǒng xiǎo shēng shuō
人启事栏！"小勇小声说。

写春联

张财是个迷信的人，事事都要讲求吉利。春节快到了，张财跟妻子、儿子说："今天过节，咱们每人说一句吉利话，串成一副春联儿贴上。"大家都说好。张财先说："福寿全！"妻子说："无晦气！"儿子想了想说："旺旺旺！"张财很高兴，把三

笑得 你的大牙

jù huà xiě chéng yí fù chūnliánr yì jiā rén gāo gāo xìng xìng de
句话写成一副春联儿，一家人高高兴兴地

tiē shàng le dì èr tiān yǒu kè rén lái bài nián yí jìn mén
贴上了。第二天，有客人来拜年，一进门

jiù kàn dào le chūnliánr yú shì dà shēng
就看到了春联儿，于是大声

niàn dào fú shòuquán wú huì
念道："福寿全无，晦

qì wàngwàngwàng
气旺旺旺！"

117

葫芦村有一对文盲夫妻，大字不识，就随便用听到的词儿给三个孩子起名：老大叫流氓，老二叫菜刀，老三叫麻烦。一天，大哥带着两个弟弟去赶集，人多，把小弟老三给挤丢了。老大、老二很着急，赶紧跑到附近的派出所报案。一进门，警察问他们是谁，来这儿有什么事。老大回答："我是葫芦村的流氓，今天带菜刀来没别的，就是来找麻烦的！"警察无语。

买咖啡

xiǎo míng jiā lái kè rén le   mā ma ràng tā chū qù mǎi
小明家来客人了，妈妈让他出去买6
bēi kā fēi   tā wèn wán dà jiā de yāo qiú hòu   jiù cōng máng
杯咖啡。他问完大家的要求后，就匆忙
ná le yí gè bǎo nuǎn píng chū qù le   xiǎo míng lái dào kā fēi
拿了一个保暖瓶出去了。小明来到咖啡
diàn hòu   wèn diàn yuán shuō   zhè ge bǎo nuǎn píng kě yǐ
店后，问店员说："这个保暖瓶可以
zhuāng xià   bēi kā fēi ma   diàn yuán kàn le yí xià shuō
装下6杯咖啡吗？"店员看了一下说：
méi wèn tí   xiǎo míng sōng le yì kǒu qì shuō dào
"没问题！"小明松了一口气说道：
tài hǎo le   qǐng gěi wǒ zhuāng liù bēi kā fēi   liǎng bēi shén
"太好了，请给我装六杯咖啡，两杯什
me dōu bù jiā   liǎng bēi jiā nǎi   liǎng bēi jiā táng
么都不加，两杯加奶，两杯加糖。"

借腰带

yí gè qǐ gài xiàng yí wèi yī zhuó gāo dàng de nán shì qǐ
一个乞丐向一位衣着高档的男士乞

tǎo　　xíng xíng hǎo ba　　xiānsheng　 wǒ yǐ jīng jǐ tiān méi chī
讨："行行好吧，先生，我已经几天没吃

fàn le
饭了！"

nǐ yīng gāi zì shí qí lì　 qù zhǎo yí fèn gōng zuò
"你应该自食其力，去找一份工作

ba　 zài zhè zhī qián nǐ bì xū lēi jǐn kù yāo dài　　　nán
吧，在这之前你必须勒紧裤腰带！"男

shì gǔ lì dào
士鼓励道。

nà zài wǒ zhǎo dào gōng zuò zhī qián　　 bǎ nǐ de yāo
"那在我找到工作之前，把你的腰

dài jiè gěi wǒ ba　　　 qǐ gài chéng kěn de shuō
带借给我吧！"乞丐诚恳地说。

借书

yí gè nán hái zi dào tú shū guǎn de fú wù tái
一个男孩子到图书馆的服务台

shuō   wǒ lái huán shū   bú guò wǒ bù dé bù shuō tā shí
说："我来还书，不过我不得不说它实

zài shì wǒ dú guò de zuì wú qù de yì běn shū   méi yǒu rén
在是我读过的最无趣的一本书，没有人

wù   méi yǒu qíng jié   zhěng běn shū dōu xiě mǎn le fú hào hé
物，没有情节，整本书都写满了符号和

shù zì
数字。"

fú wù tái de xiǎo jiě   lì kè zhuǎn tóu duì lǐ miàn shuō
服务台的小姐立刻转头对里面说：

zhǔ rèn   wǒ zhǎo dào wǒ men de diàn huà bù le
"主任，我找到我们的电话簿了！"

点 歌

　　一个电台的点歌节目接到一位听众
打来的电话："我是一个外地打工者，
因为今年春运的火车票太难买了，我回
不了家，所以我想点首歌。"主持人以
为他想点首歌为家人送上祝福，于是就
问他想说些什么，他回答："我想点一
首《算你狠》，送给所有铁路员工和职
业票贩们。"

逃课

jiǎ tóng xué jīng cháng táo kè　　yí rì tū rán　　liáng xīn
甲同学经常逃课，一日突然"良心

fā xiàn　　jué dìng qù shàng kè　　zài jiào shì mén kǒu pèng dào jiào
发现"决定去上课。在教室门口碰到教

shòu　　jiào shòu jīng yà
授，教授惊讶

de shuō　　duō rì
地说："多日

bú jiàn　　nǐ dōu zhǎng
不见，你都长

zhè me dà la
这么大啦？"

卖画

yí gè zì fù de huà jiā wèn tā de dài lǐ shāng zì jǐ
一个自负的画家问他的代理商自己

de huà xiāo shòu de rú hé
的画销售得如何，

zài wǒ de dà lì tuī jiàn
" 在我的大力推荐

xià   yǒu yí wèi xiān sheng duì
下，有一位先生对

nǐ de zuò pǐn yuè lái yuè gǎn xìng
你的作品越来越感兴

qù le   gāng gāng hái mǎi zǒu
趣了，刚刚还买走

那个人是你的私人医生！

你的大牙

了两幅。"代理商得意地说。

"哦？你是怎么向他推荐的？"

"我对他说你的画在你死后一定会
升值的。"

"那么……"画家不太明白。

"那个人是你的私人医生。"代理
商解释说。

卖力

xiǎo zhāng yǎng le yì zhī yīng wǔ
小张养了一只鹦鹉，
yīng wǔ gāng xué huì
鹦鹉刚学会
shuō huà de shí hou
说话的时候，
xiǎo zhāng hěn gāo xìng
小张很高兴，
yǒu shì méi shì
有事没事
jiù dòu dou tā
就逗逗它。
kě shí jiān cháng le
可时间长了，
xiǎo zhāng fā xiàn zhè
小张发现这
zhī yīng wǔ shí fēn pín zuǐ
只鹦鹉十分贫嘴，
jiǎn zhí dào le fán rén de chéng
简直到了烦人的程
dù biàn bú zài lǐ tā le
度，便不再理它了。
dàn shì zhè zhī yīng wǔ hái
但是这只鹦鹉还
zǒng shì bù tíng de shuō
总是不停地说。
xiǎo zhāng shí zài shì fán le
小张实在是烦了。
xiǎng
想
bǎ tā shā le
把它杀了，
dàn yòu xià bu qù shǒu
但又下不去手，
jiù bǎ tā rēng
就把它扔
dào le yì zhī hěn xiōng de dà gōng jī de wō li
到了一只很凶的大公鸡的窝里，
xīn
心

xiǎng
想：" zhè huí kàn nǐ hái pín
这回看你还贫！" dì èr tiān xiǎo zhāng
第二天，小张

dǎ kāi jī shè de mén kàn jiàn yí dì de jī máo hé yǐ jīng sǐ
打开鸡舍的门，看见一地的鸡毛和已经死

le de dà gōng jī nà zhī yīng wǔ quán shēn de máo dōu bèi zhuó tū
了的大公鸡，那只鹦鹉全身的毛都被啄秃

le zhèng zhàn zài nà lǐ yì biān chuǎn zhe cū qì yì biān shuō
了，正站在那里一边喘着粗气一边说：

xiǎo yàng bù tuō guāng bǎng zi hái zhēn dǎ bu guò nǐ
" 小样，不脱光膀子还真打不过你！"

图书在版编目（CIP）数据

笑掉你的大牙／崔钟雷主编. -- 北京：知识出版
社，2014.10
（智慧魔方大挑战）
ISBN 978-7-5015-8237-2

Ⅰ．①笑… Ⅱ．①崔… Ⅲ．①儿童文学–笑话–作品
集–世界 Ⅳ．①I18

中国版本图书馆 CIP 数据核字(2014)第 225232 号

智慧魔方大挑战——笑掉你的大牙

出 版 人	姜钦云	
责任编辑	周玄	
装帧设计	稻草人工作室 	
出版发行	知识出版社	
地　　址	北京市西城区阜成门北大街 17 号	
邮　　编	100037	
电　　话	010-88390659	
印　　刷	北京一鑫印务有限责任公司	
开　　本	889mm×1194mm　1/16	
印　　张	8	
字　　数	40 千字	
版　　次	2014 年 10 月第 1 版	
印　　次	2020 年 2 月第 3 次印刷	
书　　号	ISBN 978-7-5015-8237-2	
定　　价	28.00 元	